Karl Nieder

Tegernseer Geschichten

Erinnerungen an Kindheit und Jugend am Tegernsee
1938 – 1958

Impressum
ISBN-13: 978-3-8370-0178-5

Alle Rechte liegen beim Autor.

Umschlagillustration:
Karl Nieder „Blick auf Kaltenbrunn und den Tegernsee", Öl, 1983

Bildnachweis:
Seite 33: © SV-Bilderdienst: Rue des Archives
Seite 36: © SV-Bilderdienst: Röhnert U.
Seite 38: © SV-Bilderdienst: SV-Bilderdienst
Alle anderen Abbildungen und Fotos aus dem Archiv des Autors.

Herstellung und Verlag: Books on Demand GmbH, Norderstedt 2007

Gewidmet meinen guten Freunden,
vor allem dem Ardy und dem Benno, die mich
ermuntert haben, meine Kindheits-
und Jugenderinnerungen, auch noch nach einem
guten halben Jahrhundert, zu veröffentlichen und
mir beim „Erinnern" geholfen haben.

Mein Dank gilt meinem Sohn Oliver, der mir bei Fragen
zum Layout unermüdlich zur Seite stand.

Inhalt

Der Opa und lauter Weiber

Es war ein kalter 13. Januar im Jahre 1938, als ich mit Hilfe einer Hebamme im Hause meiner Großeltern in Gmund am Tegernsee zur Welt kam.

Meine Mutter, Annemarie Blank aus dem Cafe Blank in Rottach–Egern, war verheiratet mit Karl Nieder aus der Molkerei Benedikt Nieder in Gmund. Die Molkereiarbeit war schwer, sowohl für meinen Vater als auch für den Opa. Er holte immer die Milch bei den Bauern ab, auch im strengsten Winter und weil er in einer bestimmten Kurve in Ostin öfter umkippte, stellten ihm die Bauern ein Warnschild auf „auf und nieder – immer wieder". Trotz der schweren Arbeit war mein Vater auch noch sportlich aktiv und man erzählte z.B., daß die Burschen, als das Neureuthhaus brannte, in 20 Minuten von Ostin auf die Neureuth gerannt sind, um zu löschen. So kam es leider, daß mein Vater aufgrund eines zu spät erkannten Herzfehlers schon ein halbes Jahr nach meiner Geburt starb.

Das war natürlich eine schwere Belastung für meine Mutter, zudem ihr Vater, der Robert Blank, und ihre Mutter, die Marie Blank, die das Cafe Blank gegründet hatten, auch schon gestorben waren.

Benedikt Nieder Gmund

MOLKEREI / SPEZIALITÄT DELIKATESSKÄSE HIRSCHBERG·GOLD

FERNSPRECHER
TEGERNSEE 4162
POSTSCHECK-KONTO:
MÜNCHEN 32361.

HIRSCHBERG
· GOLD ·

BANK-KONTO :
DARMSTÄDTER & NATIONAL-
BANK, FILIALE TEGERNSEE
BAYER.HYPOTHEKEN & WECHSEL-
BANK, FILIALE TEGERNSEE

Gmund am Tegernsee, den _____ 193

Hirschberg Gold – unsere erste Käsemarke

Mutter   Vater

Aber sie hatte sich vorgenommen, mich allein zu erziehen und nicht wieder zu heiraten. Natürlich standen ihr meine Großeltern, der Nieder Opa und die Nieder Oma, sowie eine Reihe meiner Tanten, die Schwestern meines Vaters- als da sind: Tante Betty, Tante Anni, Tante Rosi und Tante Fanny- zur Seite und ich wurde von vorne bis hinten verwöhnt, was natürlich nicht einen Vater ersetzen konnte.

Hinzu kamen: der Onkel Beni in Bad Wiessee mit seiner Frau Berta, und seiner Tochter Gusti, und weitere fünf Cousinen und zwei Cousins.

Als ich größer wurde, war es mir am liebsten, wenn sie mich mit dem Kinderwagen ausfuhren. Am zweitliebsten war mir das Märchenvorlesen und ich kannte sie schließlich fast auswendig. Wehe, wenn eine der Tanten einige Passagen ausließ. Ich protestierte sofort. Dazu kam, daß der Nieder Opa, der Dickel, wie sie ihn nannten und der ein großer Geschichtenerzähler war, mir immer so wilde Geschichten erzählte, vom Haberfeldtreiben, wo er selbst noch mitgemacht hatte und vom Wurzelsepp, so daß ich nachts oft träumte und plötzlich aufwachte, weil ich wieder den Wurzelsepp an meinem Bett sah. Das ging einige Jahre und als ich schon gut laufen konnte, lief ich immer die Treppe runter, weil ich Angst vorm Wurzelsepp hatte, und wurde von den Großen wieder raufgesträußelt.

Ausfahrt im Kinderwagen

Mit dem Nieder Opa

Inzwischen waren die Molkereimaschinen an Max Weber verkauft worden, der auf der anderen Mangfallseite eine Molkerei betrieb. Bei uns reduzierte sich die ganze Sache auf ein Milch- und Käsegeschäft, das meine Mutter führte und nun von der Molkerei Weber beliefert wurde.

Geschäft und Kind waren ein bißchen viel für meine Mutter und so bekamen wir zur Unterstützung ein Kindermädchen. Zuerst war es Hermine und dann kam Mathild, die mir viel besser gefiel. Mathild war etwa 17 Jahre alt, mit Mittelscheitel und ziemlich kräftig gebaut. Sie umhegte mich von Anfang an und war nun eine weitere weibliche Person neben den vielen Tanten und Cousinen, die drei Töchter von der Tante Rosi, Rosemarie, Sieglinde und Erika, die Tochter von der Tante Betty, die Anneliese, und die Tochter von der Tante Fanny, die Brigitte, die schon etwas älter war als ich. Sie wohnte allerdings in Potzham und hatte einen Bruder, den Sepperl. Wenn er da war, spielten wir Buben gerne ohne die Cousinen.

Beim Schifahren mit Mathild

Bubenstreiche

Ich war inzwischen schon ein Lausbub geworden und hatte mir angewöhnt, statt durch die Haustür, durch das Küchenfenster ein- und auszusteigen. Mathild wollte mir das abgewöhnen und als alles Zureden nichts half, hielt sie, als ich wieder einmal einsteigen wollte, das Küchenfenster von innen zu.

Das hatte fatale Folgen, denn ich schlug, von Wut gepackt, durch das Fenster und verletzte mir die Schlagader. Das Blut spritzte und Panik entstand. Meine Mutter band mir geistesgegenwärtig den Oberarm ab und schleppte mich über den Tölzer Berg hinauf zu unserem Bergwachtsarzt, der seinerzeit nicht nur Schiunfälle behandelte, sondern auch praktischer Arzt war.

Oben angekommen, fielen erst meine Mutter in Ohnmacht und dann ich. Aber der Doktor konnte uns Gott sei Dank helfen. Als alles wieder verheilt war, bekam ich ein sehr teueres Samtjäckchen und meine Mutter ermahnte mich, sehr darauf aufzupassen. Es waren ja Kriegszeiten und das Jäckchen hatte sie bestimmt eine halbe Kiste Butter gekostet.

Dummerweise hatte ich die Ermahnung bald vergessen und als ich die Jacke einmal anhatte, kam mein Freund Benno, von der Bahnhofswirtschaft, und wir gingen zum Bahngelände zum Spielen. Dabei kam fatalerweise eine offene Öldose mit meiner Samtjacke in Berührung und ergoß sich über das kostbare Stück. Somit war die Jacke im Eimer. Als ich nach Hause kam, war der Ärger wirklich groß und ich bekam zum ersten- und letztenmal richtige Ohrfeigen von meiner Mutter.

Eine große Attraktion in der Kaltenbrunnerstraße, wo wir auch immer spielten, wurde mein französisches Kinderfahrrad mit Vollgummireifen, das bestimmt auch in „Butterwährung" bezahlt wurde. Man konnte nämlich damit, anders als mit normalen Fahrrädern, über Reisnägel fahren, ohne daß etwas passierte. Alle meine Freunde, voran der Benno und der Fritz, lernten damit Fahrradfahren. Allerdings hatte der Benno das mit den Vollgummireifen übertrieben, als er über einen Haufen Spanholzkisten gefahren ist. Den Reifen war nichts passiert, aber der Benno sah aus wie ein Igel. Und die Eva hat sich einmal einen Zahn ausgeschlagen, als sie dem Adi zeigen wollte, wie gut sie schon fahren kann. Übrigens hatte ich das Radl doch noch zu Weihnachten 1945 bekommen, obwohl mir das Christkind ziemlich die Leviten gelesen hatte. Den Brief hatte natürlich meine Mutter mit verstellter Schrift verfaßt. Das Christkindl schrieb u.a.:"Das Fahrrad vom Adi will ich aber einem braveren Kind geben, da ich nur eins habe. Es hängt also von Dir ab, ob Du es bekommen kannst. Also sei schön folgsam, dann will ich mal sehen."

Wie erwähnt, hatte Bennos Vater die Bahnhofswirtschaft in Gmund, mit einem schönen Biergarten. Der Hausmeister der Wirtschaft, der Michä, hatte die Angewohnheit immer an einen bestimmten Kastanienbaum zu pinkeln. Dies führte natürlich dazu, daß wir Buben, wenn wir ihn beim Bieseln ertappten, uns hinstellten und sangen: „Michä, Machä, brunzats Kachä". Daraufhin wurde der Michä immer fuchsteufelswild. Wir waren aber immer schon längst weg, ehe er uns erwischen konnte.

Aber auch die größeren Buben trieben mit uns ihren Spaß. Sie redeten uns ein, zu hüpfen und mit einer Eisenstange die Beleuchtung des Biergartens zu berühren, dann würde ein Zwergerl fünf Pfennige runterwerfen. War der Eisenring in einem der Kastanienbäume defekt, gab es einen ganz schönen Stromschlag. Der Benno ist tatsächlich einmal hängen geblieben, als der Strom zu stark war, und der Hausmeister, der Michä, mußte ihn wieder runter holen. Zum Ausgleich hat der Großvater den Benno auf das Handwagerl gesetzt und ihn mit nach München genommen. Bennos Opa war nämlich bekannt dafür, daß er in den schlechten Kriegszeiten zu Fuß mit einem Handkarren Holz und Proviant nach München fuhr, wofür er immer 12 Stunden, mit einer Mittagspause in Sauerlach, brauchte.

Als meine Mutter mit dem Nikolaus einmal übertrieb, war es endgültig mit dem Glauben an ihn und das Christkind vorbei. Sie ließ nämlich wie die Orgelpfeifen 8 Nikoläuse aufmarschieren, von denen der kleinste der größeren Buben der Arnfried war. Das erkannte ich natürlich sofort und rief: „Ah, des is ja der Adi."

Einmal wurde mir aber trotzdem noch Angst, als nämlich der Krampus meine Mathild packte und mit einer Kette an den Birnbaum fesselte. Ansonsten war Weihnachten immer sehr feierlich, mit einem über und über mit Lametta geschmückten Christbaum, der immer bis zu meinem Geburtstag am 13. Januar stehen blieb. Das Wasser für den Baum mußten wir immer nachfüllen, weil es unser Hund, der Putzi, auf den ich später noch komme, immer ausgesoffen hat.

Meine Mutter hatte auch noch zwei Brüder, den Onkel Robert und den Onkel Franzl, die ich noch nicht erwähnt habe, weil sie beide im Krieg waren. Das heißt, der Onkel Robert eigentlich nicht, denn er war Funker am Fliegerhorst in Bad Aibling, wo er auch mit seiner Frau, der Tante Anni, wohnte und wo wir ihn gelegentlich besuchten. Der andere war hingegen weit im Osten auf einem Panzer und kam manchmal auf Heimatbesuch. Dann bastelte er für mich aus Plastilin einen Zoo oder wir spielten Mensch ärgere Dich nicht, das ich schon mal zerrissen habe, wenn ich gar nicht gewinnen konnte.

Inzwischen hatte auch für mich die Schule begonnen. Das Schulhaus steht oben bei der Gmundner Kirche und man ging gut 10 Minuten. Da der Benno neben mir wohnte, gingen wir meistens zusammen. Mit von der Partie war auch der Jörg, der weiter hinten in der Kaltenbrunnerstraße wohnte.

Sehr oft war es aber so: Wenn wir die Schule erreichten, gab es Bombenalarm, weil die Amerikaner wieder einmal über den Tegernsee nach München flogen, um dort ihre Bomben abzuladen. Bei Alarm mußten wir wieder heimgehen. Wir sahen dann die Amiflugzeuge wie silberne Pfeile am Himmel und einmal hat einer sogar eine Bombe über dem Ortsteil Holz verloren. Kaum zu Hause angekommen, waren die Flugzeuge verschwunden und es gab Entwarnung und wir gingen wieder los. Auf diese Weise ist bei uns eigentlich das erste Grundschuljahr ausgefallen.

Schulfrei bekamen der Benno und ich auch, wenn wir Kreuzerl tragen mußten. Da ich auch katholisch erzogen wurde, hatte man den Benno und mich auserwählt, beim Begräbnis des Oberförsters Lechner die Kreuzerl zu tragen. Es war ja seinerzeit üblich, die Verstorbenen offen im Sarg mit dem Leichenzug durch das Dorf zu geleiten und der Stadler Bauer hatte Rappen, die dafür immer gebraucht wurden. So war es auch beim Lechner. Der Pfarrer voraus, dann wir im Ministrantengwandl

Unsere Schule bei der Kirche

mit den Kreuzerln, dann der Sargwagen, gezogen von den schwarzen Rappen und die Trauergemeinde. Oben in der Aussegnungshalle angekommen, wurde der Sarg aufgebahrt und wir mußten mit unseren Kreuzerln quasi Wache halten. Wir sahen dem Lechner direkt ins Gesicht und es kam mir so vor, als ob sich der Lechner bewegt hätte und ich sagte zum Benno: „Du, Benno, der Lechner, der lebt, der wackelt mit de Augendeckel." Auch der Benno glaubte es und sagte: „Du, Karl, der schaut uns o." Unsere Phantasie ging mit uns durch und wir glaubten, daß der Lechner jeden Moment wieder aufstehen würde. Uns wurde so unheimlich, daß wir nach der Zeremonie - auf das Lob des Pfarrers und die versprochene Brotzeit verzichtend – wie von Furien gehetzt in unseren Ministrantengewändern davonsausten.

Aber auch später wurde es uns nicht langweilig. Manchmal dachten wir uns schon gewagte Konstruktionen aus. So die Geschichte mit dem Wasserkübel. Beim Benno war eine Treppe, die zum Bahnhof und zur Post runterging, mit einem kleinen Anbau an die Bahnhofswirtschaft. An diesem Anbau haben wir einen Wassereimer mit einer Schnur befestigt und an der wollten wir, wenn jemand kam, ziehen, so daß der Wassereimer kippte und der Passant naß wurde. Als Versuchskaninchen sollte der Fritz herhalten. Er mimte einen Passanten, doch wir zogen so fest, daß der ganze Eimer runter kam und dem Fritz auf den Kopf fiel.

Mit Ardy

Mit Benno

Großes Geschrei und der Vater vom Fritz beschwerte sich bei meiner Mutter und bei Bennos Eltern, wenigstens hat er uns keine runtergehauen.

Eine andere Konstruktion war auch nicht erfolgreich. Im Schlafzimmer von Bennos Eltern befand sich ein schöner, großer, alter Spiegel. Fatalerweise hatten wir gerade von diesem Spiegel aus abwärts eine Seilbahn konstruiert. Als ich sie einmal bergauf fahren lassen wollte und mit großem Schwung das Nähmaschinenteil, das die Gondel darstellen sollte, in Bewegung setzte, sprang sie aus dem Seil und flog in den Spiegel, der natürlich kaputt war. Gott sei Dank konnten wir das intern regeln, weil meine Mutter mit Bennos Eltern gut bekannt war.

Überhaupt gab es ja einen Geheimweg, der von einem Schlafzimmer in unserem Haus über das Dach unserer Garage in Bennos Zimmer führte. Interessant, daß sich in dieser Garage ein uraltes Auto meines Vaters, ein Opel P 4, befand. Natürlich konnten wir das Auto nicht starten, aber wir fanden heraus, daß man mit dem Anlasser quasi auch fahren konnte. Zumindest gab es ein paar ruckartige Bewegungen, so daß man sich einbilden konnte, das Auto zu fahren.

Im Sommer waren wir meist am See in Kaltenbrunn und da war ein Floß, wo ich schwimmen und tauchen lernen mußte. Das konnte ich immer noch nicht richtig. Man konnte zum Floß hinwaten und mit ein paar Zügen hinschwimmen und gerade noch stehen. Auf der anderen Seite des Floßes war das Wasser aber schon sehr tief. Dort warf mich eines Tages einer der größeren Buben, die das Floß für sich beanspruchten, hinein. Ich kam unter das Floß und in meiner Not ruderte und ruderte ich, bis ich wieder hervorkam und nun plötzlich auch im tiefen Wasser schwimmen konnte.

Wenn wir nicht beim Baden waren, angelten wir in der Mangfall. Die beste Stelle war am Steg gegenüber dem Bootshaus vom Fischer. Er wurde immer fuchsteufelswild, wenn er uns am anderen Ufer beim Angeln sah, fuchtelte mit den Armen und schrie: „Hörts auf ihr Lausbuben, hörts auf". Die Fische waren meist zu klein und nur etwas für die Katzen. Aber ich lernte von den größeren Buben, das man den Finger in das Fischmaul stecken muß und den Kopf umdrehen muß. Eine ziemlich brutale Methode, vor der mir heute noch graust.

Der Fischer hat natürlich auch gelernt und sich einmal auf unser Ufer geschlichen und uns aufgelauert. Da er aber ein Holzbein hatte, war er doch nicht so schnell, um uns einzuholen. Dennoch hat sich der Fritz so erschreckt, daß er vor Angst in die Hosen geschissen hat.

Blick auf Mangfallsteg und Hirschberg. *Ölbild des Autors*

Das wäre mir später auch fast passiert, allerdings nicht aus Angst. Einer der größeren Buben hat uns einmal gefragt: „wollts an Lungenstrick?" Da wir Ja sagten, gab er uns einen getrockneten Stengel von einer Art Schlingpflanze und wir gingen zum Jörg aufs Klo, um im Geheimen diesen Lungenstrick zu rauchen. Uns wurde so schlecht, gut, daß wir schon auf dem Klo waren.

Das hört sich alles so wild an, aber meine Mutter hatte mit ihrem Geschäft ja nicht so viel Zeit, sich um mich zu kümmern und so waren wir meistens bandenmäßig unterwegs.

Putzi und andere Hunde

Wir hatten ja immer schon Hunde. Nach dem Burschi, einem Riesenschnauzer, kam die Dackeldame Lumpi. Nachdem sich Lumpi mit dem schwarzen Pfarrer's Capo vergnügt hatte, kam der kleine Putzi auf die Welt. Ein schwarzer, etwas hochbeiniger Dackel. Den Namen durfte ich aussuchen und weil ich die Putzi-Bücher so gern hatte, nannten wir ihn Putzi. Putzis Feind war der Nocki, ein weißer kleiner Terrier, ein furchtbarer Kläffer, der in der Kaltenbrunnerstraße schräg gegenüber unserer Garage wohnte.

Putzis Streiche waren zahllos. Mit am besten war er, als er unserem Holzlieferanten vors Motorrad lief. Der Mann, seine Pfeife und das Motorrad flogen und Putzi war weg. Gott sei Dank war nicht viel passiert und nachdem der Mann und das Motorrad wieder aufgestellt waren, suchten wir Putzi. Erst nach einigen Stunden fanden wir ihn versteckt in einem Straßengraben, nahe dem Haus von der spinnerten Frau H. Wir nannten sie so, weil sie unzählige Katzen und Hündinnen hatte. Und wenn die läufig waren, versammelten sich alle Gmundner Rüden vor ihrem Haus. Wegen der vielen Hündinnen passierte das öfter und es gab immer ein furchtbares Geheul.

Putzi in Aktion

Ein andermal klaute Putzi, als gerade die Apotheke hinter unseren Birnbäumen gebaut wurde, den Maurern öfters ihre Brotzeit, die sie auf der Mauer abgelegt hatten.

Und wiederum ein anderesmal fuhr er alleine Eisenbahn. Das kam so: mein Onkel Franz war wieder einmal zu Besuch gewesen und als wir uns von ihm am Bahnsteig verabschiedeten, war Putzi offenbar schon unbemerkt in den Zug gehüpft. Jedenfalls fuhr der Zug ab und Putzi war und blieb verschwunden. Alles Suchen war vergebens. Schließlich gab meine Mutter in der Tegernseer Zeitung eine Suchannonce auf: „kleiner schwarzer Dackel, auf den Namen Putzi hörend usw." Und siehe da, ein paar Tage später bekamen wir einen Anruf aus Sachsenkam in der Nähe des Kirchsees und dort war Putzi bei einer Familie gelandet. Wir holten ihn natürlich sofort wieder ab und unsere Überlegungen kamen zu dem Schluß, daß Putzi offenbar in Schaftlach aus dem Zug gesprungen, dann aber in die verkehrte Richtung marschiert war und so schließlich in Sachsenkam landete.

Die Amis

Inzwischen waren die Amerikaner im Anmarsch. Die letzten Tage der Deutschen verliefen ziemlich chaotisch. Einige wollten ihre Alpenfestung in Tirol ausbauen und zerstörten alle Wege vom Tegernsee zum Achensee. So wurden bei uns zum Beispiel alle alten Alleebäume in der Tölzerstraße umgesägt und die Mangfallbrücke in Gmund gesprengt. Auch die Eisenbahnbrücke. Dort war die Detonation so stark, daß ein Stück Eisenbahngleis bis zu unserem Haus durchs Dach flog. Andere Soldaten entledigten sich ihrer Uniformen und Waffen. Auch in unserer Garage hatte offenbar einer abgemustert, denn wir fanden eine Uniform und eine Pistole.

Überhaupt lag ein Haufen Kriegszeugs rum. So entdeckten wir einmal in Kaltenbrunn eine Panzerfaust und marschierten damit, wie die Orgelpfeifen nach Gmund, wo die Aufregung groß war und wir angehalten und „entwaffnet" wurden. Es hatte sich ja schnell herumgesprochen, daß vier Buben mit einer Panzerfaust unterwegs waren.

Zwischen Kaltenbrunn und Gmund war noch so ein „Waffennest". In einer alten Kiesgrube in der Nähe des Himbeerschlags lagen viele weggeworfene Waffen, Handgranaten und auch Giftzeugs, Fläschchen, die

Die Amis im Anmarsch

furchtbar stanken, wenn man sie aufmachte. Die Handgranaten wurden auch schon mal geworfen, Gott sei Dank, ohne vorher den Abzug zu ziehen. Ein Versuch mit Schwarzpulver ging weniger gut aus und hätte fast den Fritz erwischt. Er wollte nämlich nachschauen, ob die Zündschnur noch brannte, als die Sprengung plötzlich losging. Gott sei Dank, war es hauptsächlich Erde, die dem Fritz ins Gesicht flog. Ja, wir hatten schon sehr viel Glück bei unseren Unternehmungen.

Schwarzpulvermunition für unsere „Versuche" gab es auch in Schaftlach. Als wir uns einmal dort Nachschub besorgen wollten, tauchte plötzlich eine Horde Sauerlacher Buben auf und wollte uns vertreiben. Der Adi versprach ihnen arabische Messingflinten, damit sie uns in Ruhe ließen. Nachdem wir die Schwarzpulvermunition geteilt hatten, trauten wir uns lange nicht mehr nach Schaftlach, weil der Adi natürlich sein Versprechen nicht halten konnte. Ein verlorener oder abgeworfener Flugzeugtank wäre ihm dann aber fast zum Verhängnis geworden, als er das Ding zum Floß umfunktionierte und im eiskalten See ausprobieren wollte.

Der Einzug der Amerikaner ging bei uns relativ lautlos vonstatten, denn sie hatten ja alle Gummisohlen an den Stiefeln im Gegensatz zu den deutschen Knobelbechern, die immer einen furchtbaren Krach machten, wenn sie marschierten.

Unmittelbar vor der Ankunft der Amis war ich mit meiner Mutter im Käsekeller und wir hatten die kleinen Fenster mit Zweigen verdeckt, als einer von außen mit einem Gewehr die Zweige wegschob. Meine Mutter, die ihren Mund nicht halten konnte, rief: „seids ihr immer noch da, ihr blöden Hund". Ich erstarrte vor Angst und dachte, jetzt wird sie von den Deutschen an die Wand gestellt. Meine Erleichterung war riesig, als ich statt eines Deutschen ein dickes Negergesicht am Kellerfenster sah.

Auch Bennos Eltern hatten viel Glück. Als die Amis auftauchten und einer der Soldaten mit seinem Gewehr auf Bennos Mutter zielte, hat der Benno den Gewehrlauf einfach auf die Seite geschoben, so daß der Ami so verdutzt oder beeindruckt war, daß er überhaupt nichts unternahm und sie gehen ließ.

Jetzt waren sie also da, die Amerikaner, und die Deutschen tauchten mit weißen Fahnen auf. Auch die P.s waren aus Amerika zurückgekommen und wohnten wieder in der Kaltenbrunnerstraße. Das Fräulein P. wurde Dolmetscherin für die Amis und gab auch Schreibmaschinenkurse. Meine Mutter meinte, es könne nicht schaden, wenn ich ein bißchen Englisch lernte und schickte mich zu Fräulein P. Aber was für einen Schreck bekam ich, als das Fräulein P. – sie war Epileptikerin – einmal mit Schaum vor dem Mund umfiel. Mein Freund, der Adi, der dabei war, hat mein entsetztes Gesicht bis heute nicht vergessen.

Begrüßung der Amis

Alle Deutschen mußten ihre Waffen abliefern, auch die Taschenmesser. Die wurden auf einer Riesenrampe auf dem Raiffeisengelände neben der Bahnhofswirtschaft aufgebaut, bewacht von zwei Militärpolizisten mit Maschinenpistolen. Es waren hunderte von Taschenmessern, für uns eines schöner als das andere und Benno und ich schlichen immer wieder, wie hungrige Wölfe, um die Messer herum. Aber wir hatten zuviel Angst, um vor der Military Police ein Messer zu klauen, vor allem, nachdem wir einmal gesehen hatten, wie ein amerikanischer Soldat, der eine Deutsche anfaßte, von der MP, die aus ihrem Jeep sprangen, mit Gummiknüppeln zusammengedroschen wurde.

Uns Kindern ging es bei den Amerikanern sehr gut. Es gab viele köstliche Sachen, angefangen von ice-cream über Orangen bis hin zu allen Arten von chewing gum, unser größtes Objekt der Begierde. Am besten schmeckte mir der cinnamoon in der feuerroten Packung. Wir waren schon richtig süchtig nach diesen Kaugummis und das ging so weit, daß der Fritz einmal einen ausgekauten, weggeworfenen Kaugummi von der Straße abkratzte, um ihn nochmal zu kauen.

Auch unsere Namen änderten sich, weil uns die Amis so nannten. Aus dem Karli wurde der Charly, aus dem Arnfried oder Adi wurde der Ardy usw.

Leckerlis für die Kinder

Die Amis konfiszierten natürlich die schönsten Häuser und machten die Bahnhofswirtschaft vom Benno zu ihrer Zentrale. Wir wurden verschont, nicht zuletzt, weil meine Mutter vorher die Parole ausgegeben hatte: „es wird nix mehr putzt, schmeists ois aufn Boden."

Als die Amis in der Bahnhofswirtschaft waren, ging es uns noch besser. Ihr Koch ließ uns immer ein paar Leckerli übrig, wie z.B. die Eiscremerohmasse, die es in großen blauen Eimern, mit der Aufschrift icecream gab. Wir durften immer diese Eimer ausschlecken, auch wenn uns manchmal von dem klebrigen Eierzeugs richtig schlecht wurde.

Was das Rauchen anging, so rauchten die Amis ihre Zigaretten, Pall Mall, Viceroy, Winston usw. meist nur zur Hälfte und warfen die andere Hälfte weg. Da bei den Deutschen andererseits große Tabaknot herrschte, spezialisierten wir uns darauf, die Amikippen einzusammeln und bei den Deutschen gegen allerlei Krimskrams einzutauschen. So kam ich mit der Zeit z.B. zu einer Reihe von gußeisernen Modellautos, was wiederum zu einer regen Tauschaktion mit einem tschechischen Buben führte, der in der Villa oberhalb der Graf Spiegel Villa wohnte und dank seiner Mutter wiederum gute Kontakte zu den Amis hatte. So wurde fleißig hin und her getauscht.

Natürlich hatten die Amis auch Interesse an deutschen Frauen. So hatte ein schwarzer Ami, immerhin schon Sergeant, u.a. Bennos Mutter Avancen gemacht und sie hatte Angst, daß er sie heiraten und mit nach Amerika nehmen wollte. Schließlich fand sie eine Lösung. Sie hatte ihrer halb damischen Putzhilfe, die auch noch Zenzi hieß, eingetrichtert, daß sie den Schwarzen, wenn er wieder auftaucht, so anschreien muß, daß er sich endlich schleichen soll. Und tatsächlich: die kreischende Zenzi hat es fertiggebracht, daß der Ami abhaute und sich nicht mehr sehen ließ. Der Sergeant hat offenbar geglaubt, es mit lauter Verrückten zu tun zu haben.

Trotzdem kamen wir besonders gut mit den schwarzen Amerikanern aus. Sie waren insgesamt sehr gutmütig, auch als wir am Anfang einmal übertrieben haben und uns die Gesichter mit brauner Schuhcreme angemalt haben, um ihnen ähnlicher zu sein. Wir merkten aber schnell, daß sie uns mit weißen Gesichtern lieber mochten.

Einmal wurde es allerdings ziemlich brenzlig, als der Benno mir eine seiner technischen Kostbarkeiten zeigen wollte. Es war eine Art Tachometer, der oben in seinem ehemaligen Zimmer in einer Kiste war. Wir schlichen uns so leise wie möglich in Bennos Zimmer und stöberten in der Kiste herum, als plötzlich ein Amerikaner mit einem Gewehr auftauchte, Wir erschreckten uns furchtbar, als plötzlich Schüsse knallten und sausten wie die Hasen die

Treppe runter und versteckten uns hinter dem Pissoir. Offenbar hatte der Soldat über unsere Köpfe geschossen, um uns zu erschrecken, was ihm auch hundertprozentig gelungen war.

Nacheinander brachten die amerikanischen Offiziere auch ihre Familien und Kinder mit. In Tölz wurde in einer ehemaligen Kaserne der Deutschen, die jetzt Flint Kaserne hieß, eine Schule für die Amerikaner und ein Riesen-Kino eingerichtet. Der Ardy, der ja schon ein bißchen älter war, wurde Vorreiter für die Tölzfahrten mit den Amerikanern. Denn ganz zu Anfang verkleidete er sich mit Jeans und kariertem Hemd als Amibub und fuhr mit dem School Bus, der in der Tölzerstraße hielt, sozusagen schwarz mit nach Tölz, wo sie ihm allerdings auf die Schliche kamen. Das hat den Amis aber offenbar gut gefallen, denn nach und nach durften wir mit zu den Ami-Kindern nach Hause zum Spielen und bekamen deren ausgelesene Comics. Besonders gerne mochte ich die Roy Rogers Western Comics. Sie nahmen uns auch manchmal mit ihrem grünen Ami-School-Bus mit in die Schule nach Tölz, während wir die deutsche Schule schwänzten. Unvergessen auch die Besuche in dem Riesen-Kino in Tölz, wo vielleicht 2o Amis drin saßen, die Füße auf den Vordersitzen und Riesen-Tüten mit Popcorn mampfend.

Nach solchen Filmen, meist Seeräuberfilme, bastelten wir uns Degen aus Haselnussstöcken und Bierdeckeln und spielten den Film nach. So fochten wir manchmal ganze Nachmittage die Kaltenbrunnerstraße rauf und runter.

Gelegentlich durften wir auch mit den amerikanischen Buben in den Privatautos der Eltern, richtige Wüstenschiffe, wie Chevrolet, Pontiac oder wie sie alle hießen, mitfahren. Dann fühlten wir uns wie kleine Könige. Meine weiteste Fahrt ging einmal bis nach Augsburg in die dortige Kaserne. Manche Amis versuchten auch ein paar Brocken Deutsch zu lernen und wir halfen ihnen dabei. So mußte ich zum Beispiel fragen: „ Joe, wo ist der Bürgermeister?" und Joe sagte: „der Burgermeister sitzt im Keller und frißt Sauerkraut". Diesen Spruch hatten sie besonders gerne.

Auch meine Mutter hatte von der Militärregierung ihre license für das Milchgeschäft wieder bekommen:

„This is to certify that Mrs. Annemarie Nieder is authorized to conduct milk shop in the town of Gmund, Wiesseerstr. 76."

This is to certify that

Mrs. Annemarie N i e d er
_____
(name of firm)

is authorized to conduct

owner of milk-shop
_____
(type of business)

in the town of __Gmund, Wieserstr. 76_____, in Landkreis Miesbach

for a period of six months from this date. Subject to all German laws and regulations

Approved: Der Landrat
OFFICE OF MILITARY GOVERNMENT
LANDKREIS MIESBACH

W. THACKMOLETT, Capt. CMP
DEPUTY DIRECTOR
Dr G-232

Date _____ 2 0. II. 46

Es wird hiermit bescheinigt, daß

Frau Annemarie N i e d e r
_____
(Firmenname)

die Genehmigung erteilt wird, folgendes Geschäft:

Milchgeschäft
_____
(Art des Geschäftes)

in __Gmund, Wieserstr. 76_____, im Landkreis Miesbach zu führen.

Die Genehmigung gilt 6 Monate vom Ausstellungstag an, nach den bestehenden deutschen Gesetzen und Bestimmungen.

Approved: Der Landrat
OFFICE OF MILITARY GOVERNMENT
LANDKREIS MIESBACH

W. THACKMOLETT, Capt. CMP
DEPUTY DIRECTOR
Dr G-232

Date _____ 2 0. II. 46

Buchdruckerei W. F. Mayr 2000

License für das Milchgeschäft

43

Was den Benno anbetrifft, so war er nach einem Vorfall bei den Amis allerdings „gesperrt". Denn als wir einmal mit den Amibuben baseball spielten, hat der Benno mit dem Schläger nach rückwärts ausgeholt und dabei einen Amibuben so unglücklich am Kopf getroffen, daß der bewußtlos umfiel. Gott sei Dank war nichts passiert, aber es gab ein großes Geschrei und der Benno durfte fortan nicht mehr zu den Amibuben.

Ein Einbruch und ein Klavier

Viele Münchner Firmen waren aus der zerbomten Stadt ins Oberland gezogen und hatten „Sparfilialen" eröffnet. So z.B. ein bekannter Verlag und eine große Gummifirma in Gmund. Die Firma hatte unten am Bahnhof ein kleines Lager mit Gummiwaren. Der Jörg, der die Sachen gesehen hatte, schwärmte uns so lange von den tollen Gummistiefeln und Gummischnüren, die man als Peitschen verwenden konnte, vor, daß es ihm ein Leichtes war, uns zu überreden, mit ihm dort einzubrechen. Es war nicht so schwer, das Schloß zu knacken und schon waren wir im „Gummiparadies". Allerdings war es stockdunkel und wir hatten Angst. So schnappten wir uns schnell einige Stiefel und Gummipeitschen und flohen aus dem Lagerhäuschen. Das „Diebesgut" schleppten wir zum Jörg und mußten dort allerdings feststellen, daß keiner passende Gummistiefel erbeutet hatte, entweder waren es zwei linke oder sie waren zu groß oder beides. Wenigstens waren die Peitschen brauchbar. Der Einbruch kam natürlich auf, wurde aber irgendwie unter den Tisch gekehrt.

Meine Mutter meinte, daß es für mich jetzt Zeit wäre, Klavierspielen zu lernen. Statt der alternativ möglichen 1000 qm Grund in Bad Wiessee, kaufte sie ein Klavier. Ich sollte Klavierunterricht bekommen. Kurz gesagt, es wurde ein Fiasko. Die Zeiten waren viel zu spannend, um stundenlang am Klavier zu sitzen und „Pour Elise" zu üben. Das Klavier wurde eine reine Fehlinvestition und heute noch wären mir die 1000 qm in Bad Wiessee lieber.

Vom Senger Schloß
ins Tegernseer Schloß

Nun sollte ich aufs Gymnasium. Nur es gab keins. Es war aber etwas in der Entwicklung. Am 8. April 1946 gründeten nämlich die Gemeinden des Tegernseer Tales einen Zweckverband Oberrealschule. Der Unterricht wurde im Senger Schloß, dem heutigen Hotel Haus Bayern abgehalten. So landete ich 1948 erst mal im Senger Schloß

Auch andere Freunde, der Ardy und der Jörg, waren auch dort. Im Sommer fuhren wir mit dem Rad in die Schule, immerhin 6 km hin und 6 km zurück. Im Winter fuhr schon wieder die Bockerlbahn, nachdem die Eisenbahnbrücke wieder aufgebaut war. Das Lustigste passierte mit den Schulspeisungsschüsseln. Das Senger Schloß lag ja oberhalb des Bahnhofs und da es Schulspeisung gab, hatten wir braune Blechschüsseln für den wässrigen Kakao. Damit konnte man im Winter den Weg abkürzen und auf den Schulspeisungsschüsseln sitzend zum Bahnhof runter „rodeln". Dabei geschah es einmal, daß ein Schulfreund, der Karli, unseren späteren Chemielehrer von hinten umfuhr, so daß er in den Schnee kugelte. Wir mußten furchtbar lachen, aber er konnte uns seitdem nicht mehr so richtig leiden. Sogar bis zum Abitur hatte er offenbar noch eine Wut auf uns, denn einige mußten wegen ihm in Chemie ins Mündliche.

Senger Schloß – heutiges Hotel Bayern. *Tuschezeichnung des Autors*

Die Zeit im Senger Schloß hatte nur ein Jahr gedauert. 1949 ging den Zweckverbandsgemeinden die Luft aus. Sie konnten aus ihren Mitteln die hauptberuflichen Lehrer nicht mehr bezahlen. Nach langen Verhandlungen willigte schließlich der damalige Kultusminister Dr. Alois Hundhammer ein, die Schule vom Staat übernehmen zu lassen. Am 1. September 1949 zogen wir 444 Schüler und 10 Lehrer in das Tegernseer Schloß um, in dem das nun staatliche Gymnasium eine Bleibe gefunden hatte. Es gab einen humanistischen und einen naturwissenschaftlichen Zweig und ein Albertinum, eine Art Internat.

Meine Mutter meinte nun, ich sollte neben der Schule ein bißchen Geld verdienen und so wurde ich Kurierfahrer bei dem Münchner Verlag. Das kam so: ich bekam Kontakt zu einer feinen älteren Dame, Frl. Oppenheimer. Sie wohnte mit ihrer Zofe in einer Villa in der Tölzerstraße neben dem Verlag.

Wir waren oft bei ihr oben, um zu diskutieren, weil sie an der Meinung junger deutscher Menschen interessiert war. Sie stellte den Kontakt zum Verlag her und ich bekam einen Job, der darin bestand, mit einem kleinen Karren mit Gummirädern, die bestellten Bücher den Berg runter zur Post zu fahren und den Karren und die Post wieder zurückzubringen. Pro Fahrt gab es 50 Pfennig, gutes, neues DM-Geld.

Gymnasium im Tegernseer Schloß. *Tuschezeichnung des Autors*

Weihnachtsfeier

des Gymnasiums mit Oberrealschule Tegernsee

am Mittwoch den 21. Dezember 1949

um 15 Uhr (Kl.1 mit 3) und 19.30 Uhr (Kl. 4 mit 8)

im Steinmetzsaal

FESTFOLGE

1.

Marsch aus „Josua" von Händel (Großes Orchester)

2.

„Heilige Nacht" von L. van Beethoven (Gem. Chor a capella)

3.

Ansprache des Anstaltsleiters

4.

Weihnachtsweisen vom 14. bis 19. Jahrhundert
(Gem. Chor, Knaben- und Mädchenchor, mit Orchester)

5.

Lesung des Weihnachtsevangeliums

6.   7.

Weihnachtslieder zur Laute   Weihnachtliche Volksmusik

8.

Oberdeutsches Krippenspiel

9.

Stille Nacht, heilige Nacht (Gemeinschaftslied mit großem Orchester)

Erste „bescheidene" Weihnachtsfeier des Gymnasiums

Verwandtschaftlicher Zuwachs

Inzwischen hatten wir auch Zuwachs im Haus bekommen. Die Wilhelms, meine Tante Rosa, mit ihrem Mann und den 3 Töchtern, waren eingezogen und sollten das Haus erben. Sie errichteten an der Stelle des alten Milchgeschäftes eine Bäckerei und bauten in unserem ehemaligen Wohnzimmer für meine Mutter einen neuen Milchladen aus, was den Vorteil hatte, daß meine Mutter nicht mehr über den Hof laufen mußte, um ihr Geschäft zu erreichen.

Wir bekamen im 1. Stock ein kleineres Wohnzimmer, was – man muß ja immer das Gute dabei sehen – den Vorteil hatte, daß wir nun einen See- und Hirschbergblick hatten. Über der Bäckerei entstanden Wohnungen und einige Zimmer.

Nun ergab es sich, daß der alte Onkel Ernst, der Bruder meines Rottacher Großvaters, mit seiner Frau Paula und dem jungen Ernst aus dem Sudetenland, wo sie in Roßbach auch eine Bäckerei und ein schönes Haus hatten, fliehen mußten. Und meine Mutter, großherzig wie sie war, hat gesagt, sie sollen zu uns kommen, da oben neben Wilhelms Wohnung einige kleine Zimmer frei wären. So kam es auch und der junge Ernst fand eine Stellung bei Siemens in der Hofmannstraße in München.

Unser neuer Milchladen

Da er gerne bastelte, baute er sich schon frühzeitig über den Zimmern einen Funkturm aus. Aber es dauerte nicht lange, da bauten sie sich, nachdem sie zwischendurch eine größere Wohnung in der Kaltenbrunnerstraße bezogen hatten, mit Hilfe der Lastenausgleichsmittel ein Häuschen in Moosrain.

Tolle Geschichten konnte der alte Ernst erzählen. Aus der Schmugglerzeit, das er paschen nannte, im Dreiländereck Böhmen, Bayern, Sachsen oder aus seiner Zeit als Kaiserjäger, wo sie sich z.B. in den Dolomiten bei minus 20 Grad in einen Adlerhorst abseilen mußten.

Sie fühlten sich wohl am Tegernsee, weil sie ja früher schon öfter hier zu Besuch waren, da ja mein Großvater ‚Ernsts Bruder, in Rottach das Cafe Blank hatte. Da seine Frau Marie leider schon früh verstorben war, hatte er nochmals geheiratet und zwar eine ehemalige Bedienung vom Königshof in München. Da auch der Vater meiner Mutter relativ früh verstarb, hat seine zweite Frau auf merkwürdigen Umwegen das Cafe Blank geerbt. Eine Entschädigung an ihre Stiefkinder, also meine Mutter, den Onkel Robert und den Onkel Franzl kam nicht zustande. Angeblich soll das Cafe Blank bei der Übernahme mehr oder weniger Pleite gewesen sein, obwohl in den Anfangszeiten viele Berühmtheiten, wie der Opernsänger Slesagk oder der Ludwig Thoma nächtelang die Weinstube bevölkerten.

Der alte Ernst

Das Cafe Blank in Rottach

An Sylvester, so erzählte man sich, trieben sie immer eine lebendige Sau durchs Lokal.

Neben dem Ernst hatte mein Großvater aus Rottach noch einen Bruder, den Onkel Willy. Er war Mathematikprofessor in Wien und kam ganz selten zu Besuch. Wenn er aber da war, war er immer ganz scharf auf unsere Birnen. Er saß stundenlang auf der Hausbank und wenn eine Birne runterfiel, lief er hin und aß sie auf. Das brachte uns einmal auf die Idee, dem Onkel Willy einen Streich zu spielen. Wir präparierten eine Birne mit Pfeffer, Essig, Salz und legten sie mit der präparierten Seite auf die Kieselsteine unter den Birnbaum, bevor der Willy da war. Als er kam, riefen wir: „Onkel Willy, da is grad a Birn runtergfalln." Er startete durch, hob die Birne auf und verzog fürchterlich das Gesicht, als er reinbiß.

Die Weinstubn

Konfirmation, Mädels und Schulfreunde

Inzwischen war ich konfirmiert worden. Im Gegensatz zu Mathilds Zeiten, wo ich ziemlich dünn war, weil Mathild immer von mir was abbekam, war ich jetzt ziemlich dick, um nicht zu sagen fett. Das führte dazu, daß ich während der Konfirmation fast in Ohnmacht gefallen wäre. Der Kragen war zu eng, die Gummibänder an den Oberarmen- weil die Hemdsdärmel zu lang waren- schnürten ein und alles war so aufregend.

Meine Mutter führte den Milchladen weiter und es kam schon gelegentlich vor, daß der Ludwig Erhardt, seinerzeit Wirtschaftsminister unter Adenauer, im Laden auftauchte, etwas Käse kaufte und nach Preisen fragte. Das tat er gerne am Samstag vormittag, wenn er in Gmund war, in den umliegenden Geschäften. Erhardt hatte sich ja auf dem Ackerberg, einem Naturschutzgebiet, einen Bungalow gebaut.

Trotz meiner Korpulenz erwachte nun langsam das Interesse an den Mädchen. Mein erster Schwarm war natürlich eine Lange, Dünne, die Heidi, die Tochter eines Kriminalers, der mit seinen drei Töchtern und seiner Frau, alle lang und dünn, weiter hinten in der Kaltenbrunnerstraße wohnte.

Konfirmation

Nachdem ich allmählich mit eiserner Disziplin wieder abgenommen hatte, war mein nächster Schwarm dagegen eine Kurze, Dicke, die Tochter eines Obsthändlers, der schamloserweise von seinen Kunden immer 10 Pfennig Aufschlag verlangte, weil er gerade ein Haus baute. Allmählich wurde mein Geschmack schon exotischer. Mein nächster Schwarm war eine Französin aus der Bretagne, eine Gastschülerin.

Aber auch die Mädels in unserer Klasse waren nett und sehr umschwärmt. Am besten gefiel mir eine Zeit lang die Helga, obwohl es uns nicht daran hinderte, ihr bei einem Wandertag Steine in den Rucksack zu packen, die sie auch brav den Berg hinauf schleppte. Natürlich gab es auch Rivalitäten zwischen Humanisten und Naturwissenschaftlern, die meistens bei Schulausflügen eskalierten. So endete einmal ein Ausflug auf den Glungezer mit Übernachtung damit, daß ich den Krikerl, einen Lateiner, während eines Gerangels aus dem oberen Stockbett warf. Gott sei Dank hatte er sich nichts gebrochen. Lustigerweise ist er später Arzt in der Murnauer Klinik geworden.

Zu meinen guten Schulfreunden zählte auch der Hansi und wir machten oft zusammen Hausaufgaben, entweder bei mir oder beim Hansi. Der Hansi war ziemlich arm und wohnte in Tegernsee in der Bahnhofstraße in dem Wohnblock am Berg. Der Hansi war Klassenbester und besonders gut in Französisch. Ihn traf leider ein hartes Schicksal, er ist als Erwachsener in der ägyptischen Wüste verdurstet.

Wir Gmundner waren Fahrschüler mit dem Zug. Die Wiesseer, waren Fahrschüler mit dem Schiff. Der Zug hatte gegenüber dem Schiff, das manchmal im Winter wegen Vereisung nicht fahren konnte, schon Vorteile. Obwohl wir die Herrschaften im Sommer, wenn sie mit dem Motorboot kamen, schon beneideten.

Es war praktisch, daß ich gegenüber dem Bahnhof wohnte. Ich kam schon seinerzeit morgens schwer aus dem Bett und verließ meistens erst das Haus, wenn der Zug schon abfahrbereit war. Gut, daß ich mit dem Bepperl, dem Sohn vom Gmundner Bahnhofsvorstand befreundet war. Der Vater pfiff den Zug erst ab, wenn ich da war. So kamen manchmal schon einige Minuten Verspätung zustande.

Eine noch unmöglichere Sache brachte ein Engländer aus unserem Gymnasium fertig, der oben in Finsterwald wohnte. Da er zu faul war, die 10 Minuten bis zum Bahnhof Gmund zu gehen, hatte er sich angewöhnt, auf den Zug, der von Moosrain kam und an der Finsterwalderstraße, kurz vor der Bergstrecke ganz langsam fuhr, morgens aufzuspringen und mittags abzuspringen. Eines Morgens

Unsere alte Bockerlbahn. *Tuschezeichnung des Autors*

kam der Sam aber mit verschrammten Gesicht zum
Bahnhof Gmund getrottet und sagte: „Dumme Sache,
gestern ist der Absprung schief gegangen".

Lehrer, Sport und Bräustüberl

Mit unseren Lehrern waren wir größtenteils zufrieden.

Unser Sportlehrer war ein Franke und konnte das R nicht richtig sprechen. So sagte er z.B. wenn ich beim Völkerball das Feld wechseln sollte: „Niederr ribrr", also Nieder rüber. Besondere sportliche Leistungen habe ich nicht vollbracht. Besonders beim Weitspringen hat mir wohl meine seinerzeit noch nicht bekannte Kurzsichtigkeit einen Streich gespielt, denn ich habe meistens den Absprung verfehlt. Ganz gut war ich im Medizinball, wo man allerdings einigermaßen Mut brauchte, den schweren Ball zu fixieren und aufzufangen. Es gab natürlich welche, die Angst hatten und sich wegdrehten. Die wurden dann regelmäßig durch Werfen des schweren Balles auf die Beine regelrecht abgeschossen. Ganz gut war ich im Schwimmen und Streckentauchen, das im hinteren Strandbad stattfand. Es gab nämlich Bretter am Boden des Bades, an denen man sich, wenn man weit genug hinunterkam, entlanghangeln konnte.

Eine absolute Niete war ich im 1000 m - Lauf. Hingegen hatte ich einmal bei einem Schulsportfest ein Erfolgserlebnis der besonderen Art. Da ich zu der Zeit wieder sehr leicht, aber oben rum sehr kräftig war, hatte ich einen besonderen Vorteil beim Tauklettern.

Als ich oben am Tauende angekommen war, rief der Lehrer, der mit der Stoppuhr unten stand: „Niedrr Bestzeit". Darüber habe ich mich so gefreut, daß ich das 10 oder 15 Meter lange Tau zu schnell runter rutschte und mir die Handinnenflächen durch die Reibungshitze verbrannte, sodaß die Haut zum Teil weg war. So mußte der Schulrekordler gleich ambulant behandelt werden.

Beim Schifahren war ich auch nicht gut. Abgesehen davon, daß ich mir am Kaltenbrunnerberg beim Schifahren beide Wangen erfroren habe, wurde meine Wallbergabfahrt zu einem Fiasko: ich fiel mehr den Berg hinunter, als daß ich fuhr. Da lagen Welten zwischen unserem Mathelehrer, der im Schifahren ein Ass war und mir.

Unser Englisch- und Deutschlehrer war sehr fair. Gerne fragte er am Anfang der Stunde Englischvokabeln ab. Wenn einer, wie es mir manchmal passierte, keine gelernt hatte, merkte er das natürlich sofort und sagte: „Ach der Nieder, der will heute nicht, nehmen wir mal einen anderen". Aber er wußte genau, daß beim nächsten Mal die Vokabeln saßen. Das war Ehrensache. Ähnlich unser Musiklehrer. Wenn man etwas angestellt hatte, machte er einen Riesenterror vor der Klasse, ging mit einem vors Klassenzimmer, klopfte einem auf die Schulter und sagte, man solle es nicht so ernst nehmen. Übrigens hat es mir später auch nicht geschadet, daß ich ihn, als er gerade aus dem Sommerkeller kam, während einer Fahrstunde fast überfahren hätte.

Auch unser Kunstlehrer, dem sie einmal das Radl demolierten, nahm es gelassen. Selbst als der Max ihm einmal, als er sich bückte, blitzschnell ein rotes Herzerl auf seinen weißen Kittel, den er immer trug, malte. Auch unser Französischlehrer, nahm es nicht übel, als sie ihm einmal seine Micky Maus, ein Kleinauto, das er vor dem Bräustüberl geparkt hatte, versteckten.

Apropos Bräustüberl. Es kam schon vor, nachdem wir allmählich dem Abi entgegenschritten, daß wir in der Pause schnell ins Bräustüberl wechselten für eine Halbe Bier und dann nicht selten einige Lehrer trafen.

Gern mochte ich auch unseren Kunstlehrer. Er saß oft in Kaltenbrunn und malte den Tegernsee in allen Varianten und dazwischen ratschten wir. Eine schlechtere Note als 2 habe ich bei ihm nie bekommen, meistens eine 1, besonders wenn es ums Holzschnitzen ging.

Unser Erdkundelehrer war dagegen ein armer Kerl, ziemlich klein und ganz jung, konnte er sich nicht durchsetzen und so hat sich einer einmal einen Direktoratsverweis eingehandelt, als er, in der ersten

Bank sitzend, ein langes Messer in die Bank rammte und sagte: „vorige Woche hams an Erdkundelehrer umbracht". Vorsichtiger ging da der Jörg mit dem Direx vor. Der hatte die Angewohnheit, bei seinen Vorträgen seine Hosenträger mit den Daumen vorzuspannen und langsam wieder zurückzulassen. Anders der Jörg. Der kam eines Tages mit Gummihosenträgern, spannte sie und ließ sie, den Direx fest im Angesicht, mit Knall zurückschnalzen. Unser Gelächter machte uns auch nicht beliebter.

Ja, das Abitur rückte näher. Ich hatte inzwischen einen Tanzkurs in Tegernsee absolviert und – dumm wie ich war – meine Partnerin, die in Rottach wohnte, zu Fuß heimbegleitet und, da kein Bus mehr fuhr, mußte ich anschließend die 10 Kilometer von Rottach nach Gmund allein zurücklatschen.

Zum Abitur hatten wir Gmundner eine Fahrgemeinschaft mit dem Taxi organisiert, um ja rechtzeitig in der Schule zu sein. Beim Mathe Abi muß aber etwas schief gegangen sein. Als ich am Treffpunkt ankam, war die Fahrgemeinschaft schon weg. Ich kam dadurch, während die anderen schon schwitzten, zu spät zum Mathe Abitur. Aber das war reine Nervensache und ich kam mit einer 3 raus. Bei Chemie gings mir, wie einigen anderen auch, nicht so gut, ich mußte ins Mündliche. Aber es gelang, die Chemie 5 auf eine 4 hochzuschrauben. Damit war das Abitur geschafft.

Abi-Zeugnis Übergabe

Und das war gut so, denn 1959 brachen für das Gymnasium stürmische Zeiten an. Es begann mit der Schließung der Aula, die der Belastung nicht gewachsen war. Ein jahrelanges HickHack um einen Neubau wurde erst 1976 beendet, als der Bayerische Landtag beschloss, daß das Gymnasium im Schloß bleiben sollte, nachdem Herzog Max bereit war, den Ost-Südflügel zu verkaufen. Nach Umgestaltung wurde der Idealfall erreicht: eine moderne Schule in dem ehemaligen Benediktinerkloster am Tegernsee, von dem für die Kultur des Abendlandes so viele wichtige Impulse ausgegangen sind.

Verzeichnis der Abbildungen und Fotos: